波多野爽波の百句

新しい俳句への挑戦

山口昭男

ふらんす堂

目次

波多野爽波の百句

籐椅子は皆海に向き人熟睡

「山茶花」
昭和十五年

1

　爽波十七歳の作品。爽波が目指す俳句の要素がほとんど入っている。まず、具体的な季語「籐椅子」。今後薬籠中の季語となってゆくものである。次に、人を描写するということ。「熟睡」がそう。ただ眠っているのではない。何らかの理由があり深い眠りに入っていることがこの句に詩情をもたらす。読み手も様々な想像ができ、気持ちよい。最後に、発見がある。即ち、籐椅子が皆海に向いて置かれているということ。この短い言葉で場所が明確になり、人物も想像できる。「自由闊達」な世界を描く爽波俳句の芽ぶきがこの句には感じられる。

鳥の巣に鳥が入つてゆくところ

『鋪道の花』
昭和十六年

2

　この句に出合った時のことをよく覚えている。あまりにも当たり前のことが詠われているので、ただ「へえー、そうなんだ」という感想をもった。それだけのことで終わった。あまり深く考え込まない性格なので、このような句にも動揺しなかったというのが正直なところ。さて、今考えると、これが爽波俳句の原点なのではないかと推察してしまう。見たまま、あるがままを描写する。それも瞬間をだ。弱冠十八歳にして、世の中の俳句に対する挑戦であり、俳人波多野爽波として生きてゆく決意表明であると私は、捉えている。

籾殻の山より縄の出てをりぬ

『鋪道の花』
昭和十七年

3

鳥の巣の句が決意表明であるとすれば、この籾殻の句は、進むべき俳句のひとつの道を示したものと捉える。籾殻が山のように重なったところを凝視している爽波が見えてくる。そこで見つけたのは縄。ものとの出合いこそが爽波俳句の原点であり、俳句作りの基本となっている姿勢である。何を見るかより何を見つけるかである。この縄を見つけるためにどんなに時間をかけても我慢して現場に居座る姿勢こそが、爽波の真骨頂だ。その姿を現場でまざまざと弟子たちは見せられることになる。

向うから来る人ばかり息白く

『鋪道の花』
昭和十七年

4

かつて、小学校の国語教科書に掲載されていた。小学校三年生用だった。多くの教師がこの句を子供たちに教えた。私にはその機会が無かった。この句、すぐにどのような情景かわかる。九歳の子供にもその景を描くことができる。ただ「ばかり」はどうだろう。作者は向うから来る人とすれ違いながら歩いている。もちろんお互いの吐く息は白い。なのに、向うから来る人ばかりと詠っている。ここに爽波独特の捉えが存在することに気がつく。爽波俳句は、易しい姿ではありながら、芯には難しさが居座っている。

坂道となりてもつづく籾莚

『鋪道の花』
昭和十八年

5

よく見かける景。俳句に詠うこともないだろうと気にも止めずに通り過ぎてしまう場所でもある。だが、爽波は違う。このような場所に出くわすと必ず眼がぎょろっと光り、行動が落ち着かなくなる。即座に俳句になる場所だと判断するからだ。そのことを知る私たちにとっては、驚きしかない。こんな単純なところが俳句になるのだという新鮮な思いを持たせてくれる。俳句とは、これでよいのだということ。一つの単純な発見が詩となってゆくのだ。爽波は、俳句の芯となるものを見つけるためにひとところに座り、万物との対話を始める。

芒枯れ少しまじれる蘆も枯れ

『鋪道の花』
昭和十八年

6

虚子に褒められた句だ。昭和十八年の十一月二十九日の市川で行われた玉藻句会での作品だと聞いている。句会が終わり土堤を虚子と歩きながら「あの句よかったね」と言われたらしい。虚子にしてみれば、二日後学徒出陣で入営する爽波の心持ちを知っていたとしてもおかしくはない。最後だからという気持ちもあったであろう。それでもよい句は、よいと評価する虚子の俳句に対する姿勢を信じたい。この句に対して宇佐美魚目は「しかし、ものすごい句だなあ」と手放しで褒め称えている。虚子を信じきっているこの二人の関係もまた素晴らしい。

新緑や人の少き貴船村

『鋪道の花』
昭和二十一年

7

京都大学在学中の句。毎週句会を行い、月の一回は吟行だった。爽波は「『新緑』という季題が極く自然に胸に受け入れられたことが手柄であったと思う」と述べている（『現代俳句全集』四巻立風書房）。「新緑」が何の違和感もなく、「人の少き貴船村」という措辞に迎えられていることに新鮮な感じを抱いてしまう。若い時から、季語との良好な関係を保ってきたことがわかる。この句は、松本たかしに大いに賞賛された。そのため自信を持って病床のたかし居を訪れ、暫しの懇談に興じたらしい。はにかんだ青年爽波の姿が見える。

滴りに横よりとべる滴あり

『鋪道の花』
昭和二十一年

8

貴船での句。太田文蒴によると、貴船路の中程のところに岩窪があって、しきりに滴りが落ちていたようだ。そこを一心に爽波が見ていたことを覚えていると言う。その日の句会に出されたのが掲句。「俳句づくりの基本を教わったような気がして」（「青」七月号昭和五十七年）と文蒴は回想している。滴りを凝視することからまず始まる。見ていると、横から飛ぶように落ちる滴りを見つけた。この発見が一句の要となるのだということを瞬時に判断した句だ。爽波の俳句を作り上げてゆく態度は、この時期から完成されていたと言ってもよいだろう。

更衣二間つづきの母の部屋

『鋪道の花』
昭和二十一年

読み飛ばしてしまいそうな句である。更衣の季節に二間つづきの母の部屋が際立ってくるのだなと普通に読む。ところが、この制作時期は昭和二十一年。戦後の混乱の時期にある。庶民の生活から想像すれば、この贅沢さは何だと真剣に考えてしまう。爽波の出自や家系を鑑みると、その生活の違いがうっすらと見えてくる。大金持ちの生活ではない。優雅で風流な生活である。爽波が好んで使った「避暑」「避寒」などの季語からも窺えよう。高貴な上流階級で育ったという環境が大きく影響している。爽波俳句の特徴の一つと挙げてもよいだろう。

大瀧に至り著きけり紅葉狩

『鋪道の花』
昭和二十一年

『爽波の百句』六句目の芒枯れの句での魚目との対談は昭和四十九年「青」十月号に掲載されている。その「虚子先生を思う」中で、掲句も登場する。箕面の瀧を見ての俳句会での作品だとわかる。爽波は、この句も虚子に褒めてもらったと言い、魚目も「なんかゆったりしていて実にいいなあ」と率直に感想を漏らしている。句集には同じ時の作であろう「瀧見えて瀧見る人も見えてきし」「こまごまと落葉してをり瀧の岩」が見られる。この紅葉狩の句より、瀧見えての句の方がいいなあと言えば、爽波はどのような言葉を返してくるだろうか。

下るにはまだ早ければ秋の山

『鋪道の花』
昭和二十二年

飯島晴子が鋭い指摘を残す。「この句は、山を下りたところがすぐ街になっていないと成り立たないのではないかと、私はかねがね思っていた」。そう考えないと「下るにはまだ早ければ」が理解出来ないと晴子は言う。この句からそこまで読み取れるのかという驚きが起こる。そして、そう読ませる言葉を選んだ爽波の力にも感嘆する。この晴子の文章は昭和五十七年の「青」六月号「『鋪道の花』私見」にある。「トリビアルな、日常的な、無色の、手応えのない、しかし思わず本質に達する瞬間」を俳句にひき据えることに熱心であるのが爽波だとも語っている。

末黒野に雨の切尖限りなし

『鋪道の花』
昭和二十三年

しびれる句だ。激しく降る雨を見て「雨の切尖」と表現できる俳人がどれほどいるのか。そう考えると、言葉を瞬時に選びとる技は常人のものではない。今「言葉を選びとる」と書いたが、言葉を選んでいるのではなく、言葉に選ばれているようにも思う。「あなたはこの言葉を使いなさい」とどこからか指令が来る。そんな不思議な世界のことまでも考えさせてしまう強さがある。そして、下五。ここに爽波のなみなみならぬ俳人としての粘り強さを見ることができる。「限りなし」と言えるまで、この現場に佇んだ。俳人としての強い意志をも感じてしまう。

冬空や猫塀づたひどこへもゆける

『鋪道の花』
昭和二十四年

爽波は昭和四十年「青」一月号でこの句に対して物言いしている。その中で面白いのは「おおよその批評は単に冬空と猫の柔軟な姿態との感覚的な把握の点だけを捉えているのですが、僕としてはこの句の裏に庶民的な生活感情が潜んでいる筈だ、そういうものは感じとって貰えないのかなというそういう点ですね」ともらしている。訴えたいことはわかるが、感じ取ってもらえないのは仕方がない。この句は、冬空と猫の自由さしか描いていない。そこがよいのだが、その裏にあるとされている生活感情を第三者に感じさせるのは難しい。

葱坊主越しに伝はる噂かな

『鋪道の花』
昭和二十四年

14

噂が伝わってゆく経路は様々であろう。それを知りながら爽波は、わざわざ葱坊主を眼前に押し出してきた。そこには、人の噂というのは葱坊主のように人の生活の近くにありながら、畑に忘れ去られたものを経て伝わってゆくようだという爽波特有の考えがうかがえる。これが芥子坊主では面白味が無い。噂の内容は多種多様である。もちろん伝わってほしくない噂だってある。すべてのことを包み込んだものが葱坊主に集約されてゆく。葱坊主を持ってきて、俗なことがらに詩情を与えてしまう爽波の非凡さにも心動かされる。

抱かれゐる子供の顔も秋の暮

『鋪道の花』
昭和二十四年

爽波俳句から学べる一つが、季語の用い方だ。季語の置き方の塩梅が抜群によい。この句の「秋の暮」もその格好の例と言ってよいだろう。抱かれた子供の顔を描く。季語はどうするのかと考える。何でも置けそうである。そう考えて、あれこれ詮索して季語をいろいろと試してみるが、落ち着かない。そういうときにこの「秋の暮」。これしかないとすぐさま納得してしまう。それほどこの季語の的確な配置には感嘆する。爽波は、どうやってこのような技を身につけたのか。「『多作多捨』『多読多憶』の成果だ」と言うだろう。「も」の置き方も。

冬空をかくす大きなものを干す

『鋪道の花』
昭和二十六年

16

「冬空の汚れか玻璃の汚れかと」「戸袋にかくれゐる戸や冬の空」と「冬空」の句が続く。爽波は、俳句作りが滞った時などでもそこそこの俳句が出来る季語をいくつか持っておくようにとよく言っていた。好きな季語、得意とする季語が助けてくれるという体験からの言葉だった。四つの句集を通して「冬空」の句は十四句。薬箱の中に入っていた季語のひとつだったことがわかる。他に「避寒」「野分」「水澄む」「墓参」などが挙げられよう。そう言えば、季語の中にもよい季語とそうではない季語があるとも言っていた。

赤と青闘つてゐる夕焼かな

『鋪道の花』
昭和二十七年

爽波句の中では珍しい見立の句。夕焼を見て素直に感じたことが句となった。そこが自由闊達へとつながってゆく入口なのかとも思う。あの夏の夕空に広がる茜色は、それまでの鮮やかな青色と闘うという言葉しかない。お互いがせめぎ合う時間がこれから始まる。そこを俳句として詠んだ。この句集には「夕焼のさめたる雲の残りをり」（十八年）「夕焼の中に危ふく人の立つ」（二十八年）がある。ただ、深読みすればこの頃から俳句を通して闘っていかなければならない覚悟が強く生まれたようにも感じられる。

春暁のダイヤモンドでも落ちてをらぬか

『鋪道の花』
昭和二十八年

18

爽波は俗を決して避けなかった。それどころか、俗を自由に使いこなすことによって新しい俳句を作り上げてゆきたいという思いがあったようにも思う。普通の俳人は、そこへは入ってゆかない。だからこそ、反骨精神旺盛な爽波は、挑戦するのだろう。「二間つづき」の句で述べた出自が大いに関係しているということも想像がつく。この句、ダイヤモンドである。今までにこのような素材を用いて俳句を作った俳人がいたであろうか。驚くというより、このチャレンジに拍手喝采だ。俗すれすれの俳句は、今後も爽波俳句のひとつの道筋となってゆく。

踏切を越え早乙女となりゆけり

『鋪道の花』
昭和二十八年

早乙女が踏切を越えていったということ。ただ、それだけのことだが、市井の女性が踏切を過ぎることで早乙女に変身したという凄い俳句になってしまう。爽波という俳人は、ただごとをただごとではないものへとかえてしまう力をなんなく発揮した。この力の源は、季語を知りつくし季語に全人生を預けるといった俳句とのかかわり方にあったように思う。また、詩へと変容してゆく場所や人を俳句という形に表す力にも秀でていた。踏切という場所以外に考えられない。音がやみ遮断機が上がるところから、早乙女のショーが開幕する。

金魚玉とり落しなば鋪道の花

『鋪道の花』
昭和二十八年

句集名となった句だ。それほどインパクトのある句だとは思わないが、当時のホトトギスの俳句からすればかなり規格外の俳句であったことは容易に想像できる。ただ、この句を虚子が採ったというところに、虚子の懐の広さが伝わってくる。よい句は採る。そういう姿勢は、爽波にも確実に伝わった。よいものはよいのだという爽波の選句のポリシーは、弟子たちにも伝わっていった。選によって弟子を育てるという虚子の姿勢を学びとったというのは、大きなことだ。この一貫した選句力が、優秀な俳人を育てることになってゆく。

本あけしほどのまぶしさ花八つ手

『湯呑』
昭和二十九年

この句について裕明は「八手の花の、なんともいえないまぶしさを的確な比喩で捉えている。瞬間的に、天空から得た比喩だろう。」（「ゆう」六月号平成十六年）と書いた。爽波が満を持して出した第二句集の巻頭の句である。大きな意味があったであろうことはよくわかる。句集を開けるとこの句が飛び込んでくる。眩しいと感じてくれれば、一句目として成功だと爽波が考えていてもおかしくはない。本の白いページの眩しさと共に書かれている黒いインクも八手の花のうす緑色も眩しいと言ったのは、十代の大学生だった田中裕明だ。

レールより雨降りはじむ犬ふぐり

『湯呑』
昭和二十九年

爽波俳句の中の「雨」を調べてみれば、面白いのではないかと思っている。さまざまな角度で爽波らしい雨を詠っている。この句もそのひとつ。雨をレールから降り出させた。そう見えたに違いないが、この捉え方は独特なものであって、直感的な把握はすぐさま詩的事実として俳句の中で生き生きと存在するようになる。これが、他の季節では違和感を持ってしまうだろう。ぴたっとはめ込まれたのは、やはり春先の情景が感じられるからだ。暖かくなってきたころのレールの存在もよい。そして、犬ふぐりという存在もまた大きい。

鶯に来かかりし人ひきかへす

『湯呑』
昭和三十年

この句について飯島晴子は次のように述べている。

――何でもないことが何でもないように言われて作品になっている作品である。俳句に意味だけを読んで一句を合点しようとすると、こういう句は「どこがよいのかわからない」ということになる。（「青」六月号昭和五十八年『湯呑』読後」）――この句は鶯だから面白いのであって、駒鳥や雲雀ではいかんともしがたい。なぜ鶯なら面白いのかと聞かれれば、晴子の次に続く言葉を紹介したい。「盛沢山の料理より上等のコンソメスープの方が、作るのもむつかしいし味わうのもむつかしいようなものである」。

夜の湖の暗きを流れ桐一葉

『湯呑』
昭和三十一年

爽波ははっきりと言っている。「真暗な湖上をいくら眺めすかして見てもはるか沖を流れる桐の一葉など目に入る筈がない」と（『現代俳句全集』四巻立風書房）。この時、爽波が見たのはただの湖の渚の灯下に浮かぶ桐の一葉だったらしい。それでもこの光景から暗い中を流れていく桐一葉を見たのである。いや、見えたと思ったということだ。ここに爽波が突き進もうとしている「写生」がある。もうこの時代から見たままの写生の限界を感じていることがわかる。見えないものが瞬時に見える。見たように感じ、それを捉える。爽波の挑戦がここにある。

額縁をかかへて芥子の花を過ぐ

『湯呑』
昭和三十二年

爽波の自句自解がある。転勤のための引越しの時の句と断りながら「但し額縁という言葉から想像されるような立派な絵は今以て私の家にはないし、芥子の花も其処に咲いていていたのかどうか頗るあやしい。」（「青」六月号昭和五十六年）。この言葉の中の芥子の花の件には立ち止まらなければならない。爽波は俳句が出来上がる現場を大事にした。引越しが俳句になったということだが、私は芥子の花も額縁も無かったと思っている。この句の花は芥子の花であり、運んでいたのは額縁なのだという強い信念だけがあればよい。

夕方の顔が爽やか吉野の子

『湯呑』

昭和三十三年

初めて覚えた爽波俳句がこの句。忘れられなくなったと言ってもよい。それだけスーと頭の中に入って来た。吉野へは行ったことが無かったが、吉野の夕方の光景が目の前に広がってきた。段々畑、畦道、急な坂道、藁屋根などなど。俳句の力というものをまざまざと感じさせられた。今もって私の爽波ベスト五の中に入る句となっている。読んですぐ覚えられる。これは佳句のひとつの条件ではないかと思う。仕事がら夕方の子供の顔は数知れず見てきた。爽やかだと思ったことは、不思議なことに一度もない。そして、吉野にもまだ行っていない。

芹の水照るに用心忘れた鶏

『湯呑』
昭和三十八年

爽波は、当時の前衛と呼ばれた俳句の良いところを取り込もうとした。この句などもそのひとつの成果だろう。「用心忘れた鶏」などという言葉づかいは以前にもなく、以後にもないと思う。古舘曹人は昭和三十九年「青」九月号で次のように明快に述べる。「芹の水照るに／用心忘れた鶏　この二つに分断される。何が異質かと言えば、前半が俳句的伝統的な発想であるのに対して、後半は詩的前衛的な把握のしかたである」。曹人の言は、爽波が身につけてきた伝統的俳句の手法を守りつつ新しいものを取り込んでほしいという願いに帰着している。

鶴凍てて花の如きを羞りにけり

『湯呑』
昭和四十四年

また別に「凍鶴に立ちて出世の胸算用」などという俗っぽい句がある。この句は天王寺動物園。掲出句は京都の岡崎動物園。なるほどと思う。動物園のある場所の雰囲気や様相などによって同じものを見ても詠う角度が違っている。天王寺の方が庶民に近く世俗的である。対して岡崎の凍鶴は雅な感じ、孤高の趣がある。だからこそ、突然落してゆく糞であれども花のようだと感じた。この辺りの正直な感じは、爽波特有の把握であり鋭い感覚だと言ってもよい。対象を見ていながら包みこむ空気や周りの雑音をも捉えようとする態度が強く伝わってくる。

墓参より戻りてそれぞれの部屋に

『湯呑』
昭和四十四年

29

墓参りから戻り、それぞれが自分の部屋に入っていったということ。それだけだが、この句には隠されていることがある。まず、爽波の墓参に対する思いはことのほか深いということ。それは、小学校から高等学校まで毎月一日の日には必ず墓参りをしたということからも窺える。次に「それぞれの部屋に」ということから、まだ別の部屋があるという大変な屋敷の人たちの墓参であるということである。そこまで読み取れというのは、無理なことではあろう。それでも爽波は、空白の部屋があることを前提にこの句を読んでほしいと言っている。

菜虫とる顔色悪き男出て

『湯呑』
昭和四十四年

爽波俳句には、さまざまな人間が登場する。百花乱舞のごとく人間が現れる。それも普通の人間ではない。だれもが見ている人では俳句にはならないという確固とした考えがそこには、見える。掲句はどうだろうか。顔色が悪い男である。農作業をする男はおおむね鋼色をした健康そうな肌を持つ男だ。そうであれば、面白くない。予想もしない顔色の悪い男が菜虫取りに出てきたのだから、今がチャンスとばかり俳句の言葉に写し取った。この素早い判断もまた爽波。この男の登場についての背景は語られていないが、容易に想像できるものだ。

大根の花や青空色足らぬ

『湯呑』
昭和四十八年

この句の隣りに「大根の花と頷きあひて過ぐ」が置かれている。爽波らしいといえば、こちらの方だろう。それでも掲出句は、採り上げたい。爽波は大景の句はあまり作っていない。そのことから言うと爽波にとって数少ない種類の句だ。大きな景色の俳句も作るのだということも伝えたかったのかも知れない。大根の花と青空の対比。普通ここで一句を仕上げてしまう。ところがまだ俳句にできないと思うところが、爽波だ。その青空の色の過不足をも詠った。そうしなければ、大根の花を詠ったことにならないと体が反応したのだ。

ちぎり捨てあり山吹の花と葉と

『湯呑』
昭和四十九年

この句が多くの俳人の心に留まったのは、十七音という狭い世界の中に閉じ込められた中身の多さと意外性からではないかと思っている。誰がどのようにちぎり捨てたのか。ちぎり捨てられたように散っているだけではないか。花だけならわかるが、葉も同じような状態であるというのも不思議だ。などなど疑問が生じて来る。それでもすべて山吹ということだから、それなりに読み手は想像してしまう。ここに季語に対する大きな信頼があり、季語を詠うという俳句に真剣に立ち向かっている姿があるように思う。

風呂敷をはたけば四角葱坊主

『湯呑』
昭和四十九年

爽波には、こんな面白いところもある。本人はいたって真面目で、どこが面白いのかと逆に問われてしまいそうだ。元来風呂敷は四角いもの。それがはたくことによって再確認されたということだけれども、わざわざこんなことをと思ってしまう。当たり前をさらに新しく見つけた如く提示する。周りの人たちは、ただきょとんとするだけだ。さらに爽波が面白いのは、このような内容で詠おうとした時の季語。風呂敷が四角形だということを確かめておいて、ひょこっと滑稽な葱坊主を持ち出してくる大胆さ。「葱の花」ではないところもまた爽波だ。

桐の木の向う桐の木昼寝村

『湯呑』
昭和四十九年

最初の句は「桐の木の向う桐の木昼寝どき」だったように記憶している。印象から言えば、下五の言葉以上に上十二の見事な把握に心が躍る。滋賀県の余呉湖が見える村での鍛錬会での句だということだが、その湖に開けた村の佇まいが一気に眼前に広がって来る。このような単純化した景の切り取り方は、爽波独特であり、思わず「うまい」と声をあげてしまいそうになる。この句が出来たのは、二日目の最後の句会。この時間帯には、すべてのことが間髪を入れず俳句となってゆく。ここまで追い込まなくては、納得出来る句が生まれないということ。

帚木が帚木を押し傾けて

『湯呑』
昭和四十九年

35

この句の右横に「帚木のつぶさに枝の岐れをり」がある。爽波は掲出句の方を上位に置いた。さて、この二句どこが違うのか。この辺りを推察することで爽波が俳句というものをどのように考えているのかが見えてくる。思うに、「つぶさに」の方は、既存の言葉を捉えたもので、「押し傾けて」の方は自分で見つけた言葉での表現となっていること。俳句というのは、出来上がった言葉で構築していくのではなく、現場で直感的に捉えた瞬時の言葉で作り上げてゆくものだということなのだと思う。この違いは、限りなく大きい。

掛稲のすぐそこにある湯呑かな

『湯呑』
昭和四十九年

湯呑の存在がこの句では、一番大切なこと。湯呑というのは、どこの家にもあり、頻繁に使われているものである。割れれば、また別のものを使うといった生活には欠かせないものだ。それが、掛稲のすぐそこにあるということは、掛稲自体が生活の場に侵入した場所に存在しているということだ。昔は、農家の庭は広く、その庭にも稲が掛けてあった。縁側にはお茶を飲む湯呑が置いてあって、語らいの場となっていた。そういう自然な農耕生活の一場面なのだ。掛稲の下に不自然に湯呑が転がっているような景ではないと私は思っている。

茶の花のするすると雨流しをり

『湯呑』
昭和四十九年

爽波の凄さは、一物仕立ての句からもぐっと伝わって来る。そのひとつとしてこの句がある。茶の花と雨しかない。俳人は、この場面からどのように俳句を構築してゆこうかと苦しむ。苦吟といえばよいだろうか。その葛藤が爽波にはない。ただ窺えるのは、対象を凝視する鋭いまなざしだけ。どのように雨が降っているのか。雨が茶の花にどうかかわっているのか。そういう視点で見ておれば、「するすると雨」がいつの間にか句帳に文字として表れてくる。そんな俳句作りに憧れるが、そう簡単にはこの言葉は寄り添ってくれない。

茶の花の咲くあたり見て遠く見る

『湯呑』
昭和四十九年

前頁にも茶の花の句があるが、同時期の作品。この二句について爽波は「写生の周辺」と題して「青」で、森澄雄、川崎展宏、宇佐美魚目と座談している（一月号昭和五十年）。爽波は「季物オンリーというか、そういうものに本当に向かい合って、分けて分けて分け入ってね、で、ひょいと顔を覗かせるものとの出会いっていうかなア。そういうのが写生の醍醐味だと思いますね」と言い、展宏は「待つ姿勢ってのは皆ないですねぇ」と応え、魚目も「やっぱりたくさん捨てなきゃいかん」と爽波を支えている。この作句の姿勢が「青」に浸透していく。

水湊やどこも真赤な実南天

『湯呑』
昭和五十年

この句とともに「鳥雲にごはごはと着て測量士」の句を合わせて大串章は季語がわからないと爽波に問いかけている（「青」八月号昭和五十年）。爽波はずばり答える。吟行の句は、眼前のものをしっかりと写生をするが、見えていない季語も捉えなければいけないと。そのために、季語を書きとったメモを持参すると明かしている。ここに爽波俳句のひとつの秘密がある。現場で俳句になりそうなものやことに出合う。季語はもちろん現場で見たもののから選ぶが、ないものであっても一句がその季語で完結するならばそれでよいと。俳句創作の醍醐味がそこにある。

焼藷をひそと食べをり嵐山

『湯呑』
昭和五十年

爽波は茨木和生との対談（「俳句」九月号昭和六十一年）で、この句について語っている。「あの句なんかまさしく実景に触れて作った句でね。〈中略〉写生中の写生ですよ。それが俳諧ということに当たるとすれば、ずれというか、違和感というか、そういうものでしょうね。『発見』とか『意外性』という言葉でも云えると思うんですけれどもね」。この言葉は重い。何かを見つける。それも誰もが気にも留めなかったものをということ。ここに爽波の写生があり、求める俳句がある。そのためには修練しかないと言っている。

花御堂病みやつれたる顔のぞく

『湯呑』
昭和五十年

病気のためにやつれた人がやって来て花御堂を覗きこんでいると読まれて、爽波は憤慨していたが、こう読まれても仕方がない。なにせ情報量が少ない。少ない言葉からこのように思い描くのは、ごく自然のことだ。それでは、爽波はどのように考えて作ったのか。まず、花御堂に爽波は佇んでいる。その爽波を寺の窓もしくは隣り合う家の窓から病んでいる女が凝視していると言う。この視線を感じてドキリとしたことも付け加えている。だとすると「花御堂の我を」がこの句の裏にあるということ。難しい。

親切な心であればさつき散る

『湯呑』

昭和五十年

最初この句の「ば」がよくわからなかった。どうして親切な心だったらさつきが散ってしまうのか。などと考えてしまって、迷宮の世界に入り込んでしまったことを思い出す。そのうち、素直に親切な心を持っていることと、散るさつきの花を見ることに俳句的なつながりがあるのだと思うようになった。このような態度がよいのかどうか、今もってわからない。ただ、この句を見て以来、「ば」を思いきって使ってみたいと、様々に試みてきた。このように実作へつなげてくれる憧れが、師に学ぶことのひとつなのだと思う。

秋扇池に湧水見ゆるかな

『湯呑』
昭和五十年

昭和五十年の「青」十月号に掲句についての魚目の鑑賞が掲載されている。魚目は「ゆうすい」と読まなければ駄目だと強調している。そうでないと「秋という季節の透きとおる遠望がなくなってしまうし、一句打成への緊張がゆるんでしまう」と理由づける。さらに面白いのは、一句が生まれる時の苦しみ具合について述べているところ。魚目はこの句は安産だったと推測する。自然と人事の交響する存問、その気息がぴたりと一致した時にのみ一句の安産はあると言う。季語「秋扇」についての物言いは、一切していない。そこも面白い。

向ひ家へ魚もたらせし夜長かな

『湯呑』
昭和五十年

昭和五十一年の「青」一月号で「夜長の余情がなまなましく残ってくる佳品である」と大峯あきらが鑑賞している。この後に続く言葉が素晴らしい。「魚が青白く光って闇の中を通った僅かの時間こそ、夜長というものの正体だ、と作者は云っているのである」と。このあきらの言葉に出合って、掲句をもう一度見直してみると、なるほど夜長だと思えてしまうから、不思議だ。最初、向いの家との親しき関係が浮かび、夜長という季語でさらにその親密性が増したという程度にしか読んでいなかった。ここにも爽波俳句のしたたかな世界が広がっている。

もぎてきて置きて石榴の形かな

『湯呑』
昭和五十年

一見、何事もない句である。石榴の木から実を捥いで、テーブルに置いた。その石榴を改めて見ると、石榴の形なのだということになる。これが、俳句なのかと疑ってしまう。例えば「もぎてきて置き無花果の形かな」とする。どうだろうか。今さら無花果の形はこうなのだと念を押されても何の感慨もわかない。それが石榴に変わったとたん、なるほど石榴はこんな形だったのだと新鮮な感情をもってしまう。季語としての石榴の存在が大きく位置づいているのである。石榴というのは、このように句を作ればよいのだと示してくれているのだと思う。

沈丁の花をじろりと見て過ぐる

『湯呑』
昭和五十一年

46

沈丁の花というのは、じろりと睨んで見ていくものだろうかと訝しむ。何度も読んでゆくと、この「じろり」が沈丁花でなければだめだと思えてくる。沈丁の花の向こうより歩いてくる。もちろん、匂いが漂っているので近くに花が咲いているのは、わかっているはず。ようやく花の前を過ぎる。「ああ、ここに咲いていたのか」という確認の眼を向ける。花を過ぎてもまだその余香を感じる。他の花ではこの一連の流れが成り立たない。このストーリーをすべて「じろり」という言葉で表してしまっているのだから、驚きだ。俳句の面白さがここにもある。

青写真そこらまたゆく寺男

『湯呑』
昭和五十一年

「青写真」という季語。戦後三十年も過ぎれば、青写真の存在は心もとないものだったろう。それでも、この季語への強い信頼があったから使った。常に深まりのあるよい季語を使えと言っていた爽波の真骨頂が見えてくる。さらに驚くのは、寺男の存在だ。普通は、青写真の内容なり場所なりを伴って一句にしてゆく。それが突然青写真を置いてあるところを何度も通っている寺男というものを登場させた。びっくりより、これでよいのかという思いも湧いてくる。俳句で季語の説明をするほど味気ないことはないとぼやいたのは、爽波であった。

涸るる水さらに三筋に岐れ落つ

『湯呑』
昭和五十二年

冬の涸れている水に出合う。そこを凝視する。そこまでは、誰でも出来ること。その次の段階が違う。水の色、水の量、周りの景色などを見て俳句に仕立てていくのが、大方の作り方だろう。だが、爽波は涸れている水の行方を追う。そこに何かがあると捉えた直感だ。流れる先を見つけると、なんと三方に分かれて落ちていっているではないか。この発見によって、俳句が出来上がる。自然界は様々なものを見せてくれる。それを人間がどう言葉でつかみ取るかということが俳句の肝の部分であるということを知りつくしていたのが、爽波だった。

種池にまた賑やかな人ら来て

『湯呑』
昭和五十二年

爽波は素十を読めと弟子たちに力説していた。自身も素十の『初鴉』から大いに学んだと回顧している。学んだことは、本人曰く農の生活であり写生であると言う。学生時代に、田植とか稲刈りだとかを長い間眺めていたそうだ。鎌を右手から左手に持ち替えたことや赤子に乳を飲ませながら作業を進めたということを俳句にしていった。このような訓練が必要だというのだ。掲句もその流れの中にある。種池をずっと見ていると様々な人が往来する。人の動きを描くことで、種池というものの本質に迫っていけるという確信が感じられる句となっている。

山吹の黄を挾みゐる障子かな

『湯呑』
昭和五十二年

山吹の花ではない。山吹の黄だ。この言葉の遣い方に驚くというより、憧れてしまう。だれもが鮮やかな黄色い花を知っている。だからこそ、山吹の花と言わなかった。色だけで充分なのだ。次に驚くのはその花を障子が挟んでいるという景。厠の戸ではない。茶室か東屋のこぢんまりした障子を思い浮かべてしまう。庭に咲いている山吹のすぐそこにあるということがわかる。「挾む」「障子」という適切な言葉を提示して多くのことを伝えている。俳句という詩は饒舌であってはならないというとがわかる作品だ。手応えのあった句に違いない。

雨にただ菱採舟と白障子

「青」
昭和五十二年

51

丹波篠山での同人会での作品。句会の後の爽波の言を島田刀根夫が後日語っている。要は、句会に菱採の句を出した人が少なかったのは、何故かという落胆から始まり、人の動きがそのまま季語となっている景が一番作りやすくよい作品になるという俳句作りのかなめとなるようなところまで話が及んだということだった。今私の手元にあの懐かしい字で書かれた「稲作の一年」という季語の一覧がある。人が動く季語がちりばめられている。人の動きがそのまま季語となっている景を見て俳句を作る。ここに爽波が弟子に伝えたいひとつのことがある。

縁側の少し高めや水温む

『湯呑』
昭和五十三年

この季語はどうだろう。理屈ではなく体がさっと反応したとしか言えない鋭さが感じられる。縁側が少し高いという気づき。その気づきに、つながってくるのは水が温んでくるという春のスタートだ。さあ、これから自然界が躍動するぞという前の静けさがたっぷりと湛えられている。ことがらと季語とは何のつながりもない。だからこそ季語が自由に動き出すことができる。そして、ひとりでに語り始める。「水温む」はこの句の中で、闊達に息づいている。自在に季語が働いている句を見ると、爽波と季語とのねんごろな関係を頼もしく思う。

香奠の額を飼屋へ聞きにくる

『湯呑』
昭和五十三年

この句について爽波に語ってもらおう。

――どこかに坐り込んで句を作りたいと、何とはなしにあきら君の後をついて行くと、そこは蚕を飼っている一軒家であった。〈中略〉暫くぼんやりと坐っていると、母屋からこの家の若嫁らしき人が来て、飼屋で蚕飼いに励んでいる親爺さんに尋ねたことが、そのままこの一句となった。（「青」七月号昭和五十六年）――あきら君とは大峯あきらのこと。「青」一泊吟行会二日目の幸運な出合いが伝わってくる。吟行では、よき出合いに素早く反応できるかどうかで成否が決まる。ためらわないことだ。

ぼんやりと晩秋蚕に燈しあり

『湯呑』

昭和五十三年

この句についての裕明の言葉がよい。平成七年十月の「洛」に書かれている。読むたびに、心が熱くなる。箇条書きに裕明の言葉を記す。「人物が描かれていない爽波作品は淋しい」「良い句は年に二つか三つくらい、この句はそのうちに入る良い句だと先生は言っていた」「ぼんやりと、に秘密がある」「爽波の写生について考えさせてくれる俳句」「こういう写生を勉強しようと思う」俳句を学ぶ上での具体的な指標があるということは、この上なく幸せだ。精神論ではない。このような写生句を目指したいという裕明の思いが、強く響く。

蜜豆や四囲の山なみ明智領

『湯呑』
昭和五十四年

55

「青」で俳句を始めた人たちは、爽波の句に困った。それは掲句にも表れているのだが、「蜜豆」という季語がわからないということだった。ただ、「ああ、これは蜜豆だ」と感得される時が来るというのも事実。季語を噛みくだき、自由闊達に作られた爽波句に賛同できる俳人が多く「青」にいたというのがその証しだ。この句について赤尾兜子が「私ははじめ『山なみ』を『山みな』と読んでいた。私ならそう作るのだが、山なみ（脈）と写生するところが、爽波なのであろう」（「青」九月号昭和五十四年）と言っている。季語について語っていない。

葭切にざあざあ水を使ひけり

「青」
昭和五十四年

かつて阿部完市が「青」三百号記念でこの句を採り上げて次のように述べている〈九月号昭和五十四年〉。――という最近の一句など〈筆者注・掲句のこと〉、その出来上りの「ふと」あること。しかし「ふと在る」にしても、その一句の姿の確定していることが、「偶然」を決定せしめている、その「一念」の存在を実に語っている。「偶然」であって、しかし「偶然」を超えている一句、と私にはみえて美しい――俳句が出来上がるのは偶然であると言い、その偶然は作者が求めない限り来ないと言っている。爽波俳句をこのように見ることもまた面白い。

お十夜の柿みな尖る盆の上

『湯呑』
昭和五十四年

前頁と同じ「青」で草間時彦が掲句から、俳句とはどのような文芸かを解き明かしている。「わたくしはこの句を『述べない俳句』と呼びたい。多弁が勝つ当世である。『述べる俳句』の方が大衆に歓迎されるだろう。鑑賞や解説のある句の方が世にひろがり易い。しかし、俳句という文芸は『述べる』ものではないのである」。この「述べない俳句」という指摘は、爽波俳句の真髄をついている。絶えず、俳句は察してもらうものだと物言いしてきた爽波だった。言葉を削ぎ落とすことに心砕いていたことを思い出す。

そよぎて止みそよぎて止む葉や実梅太る

『骰子』
昭和三十七年

58

爽波は『湯呑』で収録できなかった四十句を次の『骰子』に収めた。掲出句もその中の一句。爽波愛着の句だと言ってもよい。「青」百号記念時の発表句だ。爽波の家の実梅を凝視して出来たと語っている。言われているところの写生句である。梅の実の葉に注目し、その揺れを描くことで実梅の育ちを詠っている。思いは言葉としては表れていない。爽波は「百号を迎えたという喜びと今後に対する覚悟、そういうものが期せずしてこの句の写生の点、そして感覚の点などに結集されて出て来たという気持です」と昭和四十年の「青」一月号で述べている。

大皿のなまぐさくあり八重桜

『骰子』
昭和五十五年

「青」に入会してはじめて爽波の句を俳誌で見た。この句とともに覚えているのは「井戸の辺は鱗貼りつく端午かな」という句。句集には載せられていない。俳句のことを全く知らない若者がこんな句に出合うとどうなるのかという興味がわいてこよう。何の戸惑いも無かったというのがその時の感想。俳句というのはこのようなものなのだと思ってしまった。八重桜のぼってりした花びらの感じと大皿に残る生臭さが妙につながっているなあと思った。このような取り合わせで俳句を作ってゆくのだと理解した。静かな衝撃だった。

炭斗と固く絞りし雑巾と

『骰子』
昭和五十五年

60

この頃、爽波はさかんに「もの俳句」を提唱した。ものが描かれている俳句がよいと句会のたびに語っていた。掲句からもそのことが窺える。炭斗と雑巾しかない。よく読むとただの雑巾ではないということが見えてくる。ここに爽波俳句の秘密が隠されているのだと思う。この雑巾は固く絞られているのだ。今までしっかりと拭き掃除をしていたこと、明日もまたこの雑巾を使うことが想像できる。簡単な言葉でありながら様々なことを蔵している。そういう言葉を瞬時につかみ取ることが「もの俳句」には必要だということが後年わかってくる。

福笑鉄橋斜め前方に

『骰子』
昭和五十六年

61

あした葉句会でこの句の清記が回ってきた。おやと思った。次に、どういうことだと疑った。ただ、呟いてみると気持ちよい。それでもわからないので、そのまま次の人へ送った。「青」の連衆は選によく挙げた。そのたびに「爽波」という物憂げな声が聞こえる。表情を変えていないが「よし」という思いははっきりと伝わって来た。この句、福笑と鉄橋は何の関わりもない。ただ、意外な距離感は心地いい。福笑の喧騒を斜め前方に据えられている鉄橋が身を乗り出して聞き入っているようにも思われ、不思議な気持ちを味わったことを覚えている。

玄関のただ開いてゐる茂かな

『骰子』
昭和五十六年

なんと単純な俳句だろう。難しい言葉は一切ない。誰でも作れる俳句だ。が、よく見ていくとそう簡単な句ではないことがわかってくる。まず、この季語の使い方。茂りをさらに説明する句が圧倒的に多いが、この句は下五に据えただけ。それだけで、茂りというものが伝わってくる。次に玄関。日常見慣れているもので、俳句で改めてということは普通思わない。茂りと玄関の関係は面白い。最後に「ただ」。この言葉が玄関と茂りをつなげるキーワードのようなものとなっている。簡単には出てこない言葉だ。そう考えると、誰でも作れる句ではない。

菱採りしあたりの水のぐつたりと

『骰子』
昭和五十六年

この句の前に「菱を採りすすみ菱の香立ちこめし」「菱の桶終始大きな蠅がつき」が掲げられている。これら三句は丹波篠山での一泊鍛錬会での作品。篠山城の濠で二人の男が菱採りをやっており、その近くに座して八十句ほど作ったということだった。爽波はこの出合いに心躍らせたという。実は、私もこの鍛錬会に参加していた。俳句を始めて間もない時だったので、句会でのこの句の話やずっと座って見続けるということを聞いても全くわからなかった。今再びこの句にまみえると、水がぐったりとしていると捉えた爽波の執念に脱帽するだけだ。

天ぷらの海老の尾赤き冬の空

『骰子』
昭和五十七年

64

取り合わせの句である。爽波は、この時代、かなり取り合わせの句を弟子たちに奨励した。勧めたというより、率先して自分で試みたと言ってもよい。その結果の俳句が「青」では大きく広がってゆく。この句もその範疇に入る。冬空のことは一切表現していない。それでもここでは冬空がすべて。海老の尾の鮮明な赤もその上に広がっている冬空の青へとつながってゆく。もちろん、この空の下での寒く引き締まった空気や人々のきびきびとした生業も鮮やかに見えてくる。この句の冬空が抱えている空間は限りなく広く、そして深い。

骰子の一の目赤し春の山

『骰子』
昭和五十七年

「骰子」は句集の題名にもなっているので、自信の作に違いない。このような句が出来るかと言われれば、かなり難しいと応じるしかない。まず、骰子というものをじっくりと観察出来るかということ。白い立方体に黒い印がついていると思いこんでしまっているので、一だけが赤という発見は簡単ではない。次に「春の山」という季語。遠くに見えていましたというわけにはいかない。この季語しか考えられないというものを持って来なくては鋭い取り合わせの句は作れない。この二つのことから、前頁の「海老の尾」同様完璧であると言わざるを得ない。

大根の花まで飛んでありし下駄

『骰子』
昭和五十七年

「やはり俳句はものですね」とよく句会で爽波は語った。掲句の下駄も然り。「飛んでありしもの」とぼかすよりも下駄というものが具体的に出てくる方が、鮮明に景を描くことができる。この飛んで行った下駄は片方だけだと今も思っている。下駄をはいた子供が元気よく沓脱ぎ石に脱いだ時に一つの下駄が飛んで行ったという想像。もちろん、その下駄は裏返っている。句会後の浅酌の会で「大根の花なんていうのは、家の近くのどこでも咲いているものですよ」という話を聞いた。この自信に満ちながらも少しはにかむ爽波の顔が忘れられない。

黄あやめに機嫌直らぬままにゐる

『骰子』
昭和五十七年

季語が動かないとは、この句のことを言うのだろう。何か嫌なことがあって始終不機嫌を纏っていたのだ。そのことを素直に俳句にしていくのだが、大方にして季語に困る。困るというより、どのような季語がよいのかということから始まって、どの季語を付けても動いてしまうという迷路に入ってしまう。ところが、爽波は違う。動かない季語をとっさに摑み取る訓練を数多く経てきているのだろう。だから、そんな爽波には不思議と最適な季語がそっと忍び寄って来てくれる。それを間髪を入れずグイッと捕まえる。そのタイミングもまた素晴らしい。

水引の花より家の中を見る

『骰子』
昭和五十七年

68

爽波が好んで使った季語というのがある。得意とする季語を持つようにと弟子たちにもその効用を説いていた。「水引草」もそのひとつ。『骰子』にも収められている「かう暑くてはと水引草の粒」という句。暑くてたまらない状態でも「水引草」という季語のおかげで句が作れると言っていた。さて、掲句。家の中を見るような状況というのはどういうものか。興味半分で覗いているわけではあるまい。何かの事情が感じられる。そのきっかけを「水引」が担っている。季語がすべてを物語っているようにも思える。このような句は、いつまでも飽きない。

お涅槃の蓋開いてゐる救急箱

『骰子』
昭和五十八年

69

爽波は「もの俳句」を奨励した。一句の中にものを描くことを勧めた。「ひと月に俳句にできそうなものの一つや二つに出合うことがあるだろう。それを的確に取り出し、俳句としていくこと」と教えられた。もちろん、実作上でも示した。この句の「救急箱」がそのものである。吟行に行けば、ものを探し当てる。そしてそのものがどのような状態なのかなどを素早く言葉で射止める。涅槃寺にいて、救急箱を見つけた。よく見てみると蓋が開いている。薬を使ったばかりだとわかる。この幸運な出合いによって、爽波俳句が生まれてゆく。

家ぢゆうの声聞き分けて椿かな

『骰子』
昭和五十八年

70

平成二十四年「秋草」三月号で彌榮浩樹が俳句における「て」の役割について論じている。すなわち「俳句世界においては、そうした何気なさを装いながら、切れ、屈折の役割を果たす」と。掲句の「聞き分けて」の「て」もそうだろう。言葉自身は何の意味もない。つなぎだけの働きとしてここに置かれているかというと、それも正確には違う。「て」によって、次に続く椿を前面に押し出す働きをしている。音数を揃えたりリズムを整えたりだけの文字ではないということだ。鮮明に見えてくる椿の花をじっくりと味わわなければならない。

汗かかぬやうに歩きて御所の中

『骰子』
昭和五十八年

八月の京都句会で出された句。たまたまこの句会に出ていたので、この句を清記の段階で意識することが出来た。実際に暑かった。汗がたくさん出たという句であれば納得する。ところが、爽波は違った。汗をかかないということで一句を作り上げた。反骨精神からだろうか。句会ではみな選をしていた。もちろん爽波は上機嫌だった。御所という場所の適切さを力説したのを思い出す。そう言えば、地名や人名、場所の名などの言葉に対しては、そうとう厳しい吟味をしていた。だから忌日の句が少ないということも頷ける。

七五三泥鰌がちよろと底濁し

『骰子』
昭和五十八年

「七五三」という季語で子供や神社仏閣を詠っても味気ないと絶えず檄を飛ばしていた。それほど季語を説明する句が多かったのだ。今となっては何の抵抗もなく受け止めることができるが、初心であれば面喰ってしまう。「だったらどう作ればよいのか」と迷ってしまうはずだ。爽波は、だからどうしろとは教えなかった。作品から学べということだった。振り返ってみると、季語に人一倍神経を使っていたのが爽波だった。季語をミラーボールに喩えて伝えようとしたこともあった。常に季語との戦いだったのだろう。七五三に泥鰌も大きな挑戦だ。

雛まつり馬臭をりをり漂ひ来

『骰子』
昭和五十九年

昭和六十三年三月に「青」の四百号記念大会があった。そこで金子兜太が講演している。掲句をとりあげて爽波俳句の一つの側面を言い当てているところがある。「『をりをり漂ひ来』と書いてみて、馬臭なもんだから、お雛様との対照の中で、これこそ本当に滑稽というかな、ユーモラスな気分が展開するわけでございますね」の前置きから、爽波の偶然を捉えた面白さへと移ってゆく。その偶然が一つの美の世界であると結論づけている。偶然の配合の美しさが爽波の「偶然の必然」ということにつながってくるものではないかと思っている。

パチンコをして白魚の潮待ちす

『骰子』
昭和五十九年

爽波の反骨精神は尋常ではなかった。俳人が俗っぽいと言って避けているものを積極的に俳句に取り入れた。「パチンコ」などという言葉は、俳句を作る上で選ばないだろう。爽波は違う。生活の中に溶け込んでいる言葉、俳句に必ず生きていく言葉だと直感すれば躊躇なく使う。それも見事に季語と結び付けて。白魚漁の潮待ちの時間をパチンコで過ごしていても何ら不思議ではない。よくあることだとも想像できる。俳人なら避けて通るところをストレートに取り入れる。俗とすれすれに勝負し、新しい俳句の世界を描こうとしたのが爽波だった。

巻尺を伸ばしてゆけば源五郎

『骰子』
昭和五十九年

不思議な句だ。測量でもしているのか。若い男が二人して地面を計測している。ひとりがどんどん巻尺を伸ばす。そして、水辺へたどり着く。そこには源五郎の姿が見えたということだろう。ただそれだけのことだが、不思議な感じが漂う。それは「ゆけば」という言葉に起因する。普通、巻尺を伸ばしてゆくと源五郎に出合うということはまずない。その意外なものとの出合いを俳句の中で示して、可能性を広げたいという思いが窺える。出合いは何でもよいというのではない。この句であれば源五郎しか考えられない。的確な季語にいつも憧れていた。

大金をもちて茅の輪をくぐりけり

『骰子』
昭和五十九年

爽波の言葉に「偶然の必然」というのがある。この句についての説明の言葉だ。掲句は、爽波が大金を持って潜ったのではない。わずかなお金しか持ち合わせていない状況で茅の輪を潜ったということだった。そんな時は「大金」という言葉は出てこないだろう。それが五七五の俳句となって口をついて出て来たのだから、ここに俳人爽波の凄さを思う。こだわりが俳句を生むということ。そして、俳句になる事柄が事実と反してぽっと出てくるところを躊躇なくとっさに捉まえるということ。この二つのことを「偶然の必然」から学んだ。

鮨桶の中が真赤や揚雲雀

『一筆』
昭和六十年

鮨桶を提示してひとつのものに焦点が当たるように上五を置く。次に、鮨桶をぐんと引きよせて、クローズアップさせる。曖昧さを許さず且つ印象鮮明に描かせる色を持ってくる。「真赤」に集約させてゆく。読み手は「そうか、鮨桶の中の色は真赤だったのか」と再認識し、映像が鮮やかに迫ってくる。そして、「揚雲雀」という季語。春の空のあたたかさ、拡がりと共に雲雀の声が自然と耳に届いてくる。「春なんだ」と気持ちよく思わせてくれる。この最後の予想もつかない季語でえもいわれない心持を与えるという手法は、爽波独特のものだった。

囮鮎売るに真赤を着し女

『一筆』
昭和六十年

爽波の句には色がよく登場する。色の鮮明さでそのものの存在を際立たせ、季語でさらに深めてゆくという手法を得意とすると言ってもよいだろう。さて、この「赤」。「骰子の一の目赤し春の山」「鮨桶の中が真赤や揚雲雀」「赤と青闘ってゐる夕焼かな」「虫干の井水冷たく花赤く」「天ぷらの海老の尾赤き冬の空」などが思い出される。ただ、掲句もそうだが、単に色が独り歩きしているのではない。どの句も季語とのバランスの中で色が息づいていると言える。選び取られた季語がよいのだ。囮鮎を売る女の服は真赤が一番よく似合う。

理屈などどうでもつくよ立葵

『一筆』
昭和六十一年

爽波は俳句に対して厳しかった。緩い俳句やいい加減な俳句に対する物言いには許せない姿勢が常に感じられた。特に理屈をこねる知ったかぶりの俳人には手厳しかった。「あなたね、そんなのはね、理屈などどうだっていくんですよ」と句会後二次会の浅酌の席で、よく言っていた。俳人は作品で勝負なのだという気概がびしびし伝わって来た。その思いがストレートに出てしまったのが、掲句。爽波らしいと言ってしまえば、まことにそうである。ただ、いつも言っている言葉を俳句作品とするためには、季語がすべて。「立葵」は動かない。

捲き上げし簾に房の二つづつ

『一筆』
昭和六十一年

発見ということを作句上のひとつの要件として説いたのが、爽波。実作上にいくらでも例があるので、説得力があった。弟子たちも必死になって見つけようとした。ところが、そう簡単に見つかるものではない。見ているが、見えていないということがわかってくる。ものを見ることへの意識の差に呆然としたことを覚えている。掲句もまた。捲き上げられた簾を見た時に、簾の捲き方や状態を句にしようとする。そこに房があることなど気にも止めない。この句に出合ってしまうと、そうだったんだと後悔する。何を見るかが大事なのだ。

多すぎるとおでんの種を叱りけり

『一筆』
昭和六十二年

ときおりこのような俳句が登場する。滑稽であり俳諧性があると言ってしまえばそれまでだが、我々が味わってきたおかしさとは少し角度が違う。そんなことを狙って作ったわけではないだろうが、正直笑ってしまう。おでん種が多いと言って叱るのは、作った人にだ。それなのに、そのちょっとした怒りはおでんの種に向けられている。作った人に対する遠慮があるのか、力関係なのかわからない。これではおでん種もたまったものではない。人間ではないものへ向く人間の怒りという面白さがある。そんなおかしさを漂わせる爽波俳句も好きだ。

脱いである縕袍いくたび踏まれけり

『一筆』
昭和六十二年

他の俳人があまり使わないような季語を好んで使った。そういう季語を使った時の爽波の句はなぜか他の句の時より生き生きとしているようにも感じられた。その中の一つがこの「縕袍」。きっと小さなころから親しんできた冬の衣服だったのだろう。父親の思い出と重なっているのかもわからない。ただこの句のようにいつも自然体で詠んでいる。読み手に「そうそうこれがあの嵩張っている縕袍だ」と思わず言わせてしまう力を持っている句となっている。晩年近くもこの季語で数多く作っていたことを思い出す。

繕ひし垣に紅唇ゆるぶまま

『一筆』
昭和六十二年

「青」平成三年三月号の「『一筆』の一句鑑賞」で裕明は、次のように述べている。――垣繕ふという季語は、よく言われる自家薬籠中の季題のひとつに違いない。奥行きと拡がりのある季語と思う。まずそこに人物を点ずる。おもしろみのある人物が出てこないと爽波俳句にならない。頭の中で人物がかってに動きだす。小さなドラマが生まれる。――爽波俳句の特徴のひとつを言い当てている。人の動きを描くことに新しさを求めたのかとも思う。さらに、停滞なく作り続けられる時に爽波俳句は多様性をふくらませ、鋭さをますと裕明は言う。鋭い。

繕ひし垣より走り出でて湖

『一筆』
昭和六十二年

前頁の句の前に置かれている句。同じ「垣繕ふ」の季語で一気に作り上げたように思う。裕明は爽波作品について生み出される速度が重要だと語ったが、このことについて爽波もスピードに乗せて作った句は強いと応じている。爽波は、句会場近くの喫茶店かホテルのロビーで俳句を作っていた。まさに一時間の勝負だった。七句出句の句会の場合、その三倍の二十句から三十句作った。こう言うと簡単に聞こえるが、そう簡単には思うような俳句は出来ない。俳句を詠むという自由な体にしていくために、集中力を高める試みを続けた。

夜着いて燈はみな春や嵐山

『一筆』
昭和六十二年

85

嵐山といえば、「焼藷をひそと食べをり嵐山」「炬燵出て歩いてゆけば嵐山」という爽波作品が示すように、好んで俳句を作った場所だ。「青」の人気の吟行地でもあった。地名はただの添えものではない。その場所が生きなければ俳句で詠うことはできない。こういう思いが爽波にあったのは、間違いない。嵐山が好きな爽波にとって、この掲句もまた動かない地名となっている。街灯や家々の灯りを見て春だと感じられるのは、京都では嵐山しかない。と言う爽波の声が聞こえて来る。確たる自信と強い意志さえも伝わってくる。

灯の下へ桃色日焼もちて来る

『一筆』
昭和六十二年

突然、爽波が今流行っている歌謡曲の話を始めた。「桃色吐息」という言葉が出てくる歌を異常に気に入っていた。この「桃色」という言葉をいつかは俳句で使いたいとまで語った。言葉に敏感だと言ってしまえば、それまでだが、テレビから流れてくる歌の言葉さえも俳句の栄養として取り入れてしまおうとするその貪欲さに驚いたものだった。その話の数か月後に発表されたのがこの句。「桃色日焼」という俳句の言葉となって我々の前に姿を現した。言葉への強い憧れを持たなければいけないと思った。

鶏頭にこぼしてゆきし鰯かな

『一筆』
昭和六十二年

今井聖がこの句について「青」昭和六十三年一月号の「花月照徑」で語っている。今井は「鶏頭と鰯の配合、それの結び付け方、『かな』の抜き方などは、修練で届く範囲を越えるように思う」と評価し、「鶏頭に鰯をこぼしてゆくのを見たとして、それを作品に切り取るべき構図として設定できるかというと、そうはいかない」と言う。そうだと思う。が、弟子である我々は、爽波から学ぶというのは、この修練で届きそうにもない技を身につけることにあると思っている。爽波俳句が眼前にある以上、そこに学ぶ作品が広げられているのだ。

冷凍車末枯よりぞ発しける

『一筆』
昭和六十二年

88

「寒林を来たるはボンベ満載車」（『骰子』）という句も作っている。この二句を比べればわかるのだが、冷凍車を寒林に走らせてもボンベ満載車を末枯の中に通しても駄目だということ。それぞれの車には最適の季語がある。その動かない季語をとっさに摑み取るという技に関して、爽波は人一倍すぐれた力を発揮した。爽波俳句のひとつの魅力だと思っている。そして、もうひとつの魅力は、この句が誕生する時のスピード。いろいろ言葉の候補があってあれやこれやと逡巡している時間などない。間髪を入れずに五七五にしてしまう。見事と言ってもよい。

178 — 179

舟虫のアロエの鉢の蔭へみな

『一筆』
昭和六十三年

89

平成三年「青」五月号で岸本尚毅がこの句について述べている。――こんな光景を見ると、なぜか心やすまる思いがする。舟蟲の濃密な存在感を前にすると、自分もまた「裸一貫」で生まれた一個の生物であり、それ以上でもそれ以下でもないと思えてくる。この気楽さ、一瞬の解放感が何よりもありがたい。――そうなのだと思う。爽波が俳句に詠もうとするものは、すべてここにつながってくる。そのために、俳句になるものを瞬時に捉えたのが爽波だった。舟虫とアロエの鉢だけで俳句に仕上げてしまうという技をも感じさせない静謐さが漂っている。

悲鳴にも似たり夜食の食べこぼし

『一筆』
昭和六十三年

「悲鳴にも似たり」という言葉を得た時に、爽波は手応えを覚えた。普段から夜食の食べこぼしが気になっていたと思う。そこで「夜食」という季語で一気呵成に作り出す。あるところでこのフレーズが飛び出して来た。偶然の産物であってもこの季語に対する必然の俳句として生まれたのだ。このようなときは何故か心地よいものだ。爽波はそういう気分を味わうために俳句を続けていたのかも知れない。読み手は文句なく「面白い」と感じるだろう。この句を採り上げた吉本伊智朗は「面白いというより凄いと思う」と言う。思わず膝を打ってしまった。

外に出してある盆梅が目ざはりで

「青」
平成元年

普通盆梅などは花を愛でるという意味合いもあり、その立派な設えや色の良さを詠うことが多い。ところが、この句からは、そんなことはいっさい詠まないぞという決意さえも感じてしまう。これが、波多野爽波という俳人の矜持であると言ってもよい。盆梅についてのプラスになるようなことは、今までの俳人が万のごとく詠んできている。そのような安全な道を選ばない。俳句になどできそうもない目障りな盆梅を詠う。この句を読めば「そうそうそんなことがあった」「言われてみればあの時の」などと思う。これで十分。爽波はにんまりとする。

下足札桃色黄色春の雪

「青」
平成・元年

巧みに色を持ち込んできたのも爽波。言葉を費やすより色によって、伝える。色によって詩情というものを醸し出すということを肌で感じていた俳人であった。このことは、いつの時代の爽波の句を見ても言えること。掲句は、単なる下足札の色。下足札というものもあまり目に止めないだろうし、その色と言われてもほとんど記憶にはない。ところが、このように俳句の中に持ち込まれてくると、季語との関係によって鮮やかに蘇ってくるから不思議だ。季語は色によって深化する。季語を自由自在に操った俳句作家だったと思っている。

チューリップ花びら外れかけてをり

「青」
平成元年

みなが見ていて、誰もが詠えなかった一句として、多くの俳人の心に残っている句だ。手応えがあったということは容易に想像がつく。爽波の対象への迫り方は、ただひとつ。じっくりとその前に座り込んで、何時間でも凝視することであった。誰もが出来るものではない。最初の十分はそこにいることはできる。だが、何も変化がない、何も起こらない時間が過ぎてゆくと、そこにいることに耐えられなくなる。そこで、ついうろうろと動いてしまう。爽波は、そうしなかった。動かないことが思ってもみない俳句をもたらしてくれると信じていたからだ。

日に熱き白子干場の煉瓦かな

「青」
平成元年

同時発表に「糸とんぼ白子干場につままれし」「白子干し存分見たり晴れやかに」がある。合わせて三句だが、爽波の句帳にはこの数倍もの白子干場での句が書かれているだろう。爽波の「多作多捨」は多く作ることが目を引いた。が、多く捨てることも更に大切なことであると述べている。例えば五句出句。三十句作れば、二十五句落とさなければならない。何を残して何を捨てるか。捨てるという行為は、自選の力がかかわってくる。最後は自分の句は自分で選ぶ。そういう力がついてこそ本物の俳句作家だと爽波は考えていた。

水遊びする子に手紙来ることなく

「青」
平成元年

この句の前に「水遊びどこか窮屈なるままに」「筋肉のまだ育たずに水遊び」が置かれ「青」八月号に載っている。季語を「水遊び」とし、どんどん作っていったことがわかる。窮屈そうに遊んでいる子供から筋肉の育っていないというところへとつながり、最後はその子にはまだ手紙など来ないというところまで飛んだ。水遊びの句にしてはかなり新しい。この句を誌上に発表するということは、手応えがあったからだ。爽波はよく手応えということを口にしていた。一句が出来た時に「これだ」と咄嗟に呟ける句こそが、よい句なのだとも言った。

網戸越し例の合図をしてゆける

「青」
平成二年

人の動きというものを俳句作りの上で大切な要素のひとつとして考えていたのが、爽波だった。そのために、人の多いところで俳句を作った。神戸の三宮のあした葉句会の前には、ホテルのロビーで待っている人の動きや歩いている姿などをくまなく観察して句作りをしていた。極端に言えば、人の会話そのものを俳句の中に取り入れてもよいということだ。掲句は、網戸の家の前でじっと人の動きを見ていた結果の作品だろう。この意外な動きこそが、よい作品をもたらしてくれるという実例となっている。身の回りにこそ、俳句の材料がある。

ひとり書を曝してひとり健啖よ

「青」
平成二年

平成二年九月号作品はこの句のほかに「虫干」「曝書」の季語で五句載せられている。発表作品の四分の一。ここに爽波の季語に対するなみなみならない取り組みが見える。吟行では、季語を決めて見るべき目標を持って出向いていくことを旨としていた。この六句からも曝書をしているところを見るという強い意志が伝わってくる。電車の窓から蓮根掘りの現場を見たのなら、戻ってじっくり俳句を作ることが大事であるという話を聞いたことがある。急いでいるから次の機会にと思っても、再びやっている保証はないと強く爽波は言い切ったのも頷ける。

宇治に来てひとりは淋し門茶かな

「青」
平成二年

平成に入って爽波と共にした最後の吟行での句。私は、宇治が初めてだったので川の流れの豪快さにただ見入っているばかりだった。句会が始まり、この句が披講され「爽波」という控え目でそれでいて力強い声が聞こえたたときには、驚いた。爽波が吟行中ずっとひとりを淋しいと思っていたのかということではない。季語「門茶」で俳句を作り上げたことにだ。「そうか、吟行というのは季語を発見する場なのだ」と思ったときでもあった。「摂待」という季語の句も見られ、この場所、この状況の中での季語としてはまさしくと感じ入ってしまった。

雪しろや日当りよくて蔵二階

「青」
平成三年

「青」五月号には「雪しろ」の句が六句掲載されている。句帳にはその十倍の句は書かれているという予測はつく。このようにまとめて発表するということの裏側には、弟子たちへの無言の教えがあると考えている。すなわち、俳句というのはこの六句のようにひとつの季語でたくさん作って、たくさん捨てるべきであると。多作多捨が俳句上達の一番の近道だということを身をもって伝えていた。それは初心であろうとベテランであろうと一緒だということ。実作によって道筋を示すことが論を振りかざすよりどれだけ有効かを知っていた俳人だった。

捕虫網新しきまま浮いてをり

「青」平成三年

この平成三年九月の「青」での発表句をもって爽波の俳句は閉じられる。掲句もまた爽波らしい。見つけること、何か新しいことを発見することで五七五という短い言葉に詩情を吹き込んだ俳人にとって「新しきまま」という捉えは、胸のすく思いだっただろう。写生の眼をもってものを見続ければ、求める俳句が自然に出来てしまうと考えていた。

　爽波俳句には「自由闊達」の世界が展開している。もう導いてはもらえないが、今目指して歩むことの心地よさを味わっているところだ。

俳人波多野爽波の教え

　俳句を作る方法や上達への道筋は多様にある。どの作り方や進み方がよいのかということはそれぞれである。それでも波多野爽波が実践し物言いしていることには今もって魅かれる。多くの俳人やこれから俳句の道を歩んでいく方々には、一度は辿ってほしい。それだけ価値ある道筋だと信じている。百句の小文と重なるところは多々あるが、その道筋の一端を述べてみたい。

一　作る　捨てる　覚える　読む

　まず、作る。もちろん多作である。くどくど説明する必要もないだろう。俳句という短い詩を自分のものにするためには身体で覚えるしかないという覚悟が必要だ。そのためには、たくさん作ることが一番近道だというのはスポーツや芸術の世界とも相通じるものがある。爽波は出句数の三倍は作らなければいけないと言っていた。

次に、捨てる。今までたくさん作ることだけが広まってきた感がある。本当は作る以上に捨てることに力を注ぐべきなのだ。爽波は言う。「自分は多作ということを常々いってはいるが、同時に多捨ということも言っている。たくさん作ることはもちろん大切なことだが、同時に捨てるという作業も作句の上での大事な過程だ。どの作品を残し、どの作品を捨てるかということを的確に判断する力がその作者の俳句作者としてのバロメーターにもなる」（平成六年「洛」島田刀根夫）。どの句を残し、どの句を落とすかという選択の作業が俳人としての力をつけてゆくことになる。最後は自選であるということを考えれば、捨てることに大きな意義を見出すのはよくわかる。多くの句を作り捨ててゆくことで、対象に接近し、もぐりこむことができる。対象と同化することで、願っている俳句を授かることができるというのが爽波であった。

続いて、覚える。どこかで爽波の声として「覚える気があるのか」ということを聞いたことがある。覚えることが苦手だと思う俳人もいるだろう。たくさんのすぐれた句を覚え込むことによって、俳句という詩の特性を理解し身につけることが容易になってくると繰り返し話をしていた。よく聞いたのは、虚子、素十、誓子、草田男の百句を諳んじて書いてゆく競争をしたものだということ。そのためか、カルチャー教室で書き取りの時間を設け、『ホトトギス雑詠選集』の俳句を受講者らに書かせるということも試みた。

最後に読む。これは、覚えるということとつながっていることなのだが。俳句を黙読するのではなく、声に出して覚えるように読むことを奨励した。ひとりでぶつぶつ言いながら句集を読む姿を理想とした。外から見れば、変な人だと思われるかもしれないがこの姿こそよいのだということだった。当時「青」に入会した若手は『初鴉』を小声で何度も読んでいた。

爽波の強い言葉を思い出す。「古今の名句が頭に一杯詰まっていなくて、何の俳句作りであろうか。単に記憶力の良し悪しの問題ではないはずである」。

二　ものを見て作る　人を描く

ここに爽波のメモがある。端正な文字で書かれたものだ。

●わが身を自然の中に置いて作る
●句会、吟行会に出る
●言葉は平明に、普通の言葉で
●目の前すぐのもの、足元そこにあるもの
●目線より下で作る
●自然そのもの、「農のくらし」を

ざっとこんなものである。ただ、自然の中へ俳句を作りに行くと言っても漫然としている。そこで「何々を写生しに行く」という目標を決めてということを奨励した。その目標も対象が動いてくれるものが一番作りやすいし練習になるとも言った。対象そのものが季語であることが望ましいとも。例えば田植、稲刈、袋掛、蓮根掘など。この考えが元になって人を描けと繰り返し爽波は話していた。

昭和六十二年の八月に「青」の新人会の若手と爽波は座談会を行っている。そこでの物言いがかなり明確なので、少し長くなるが引用したい。

——それはね、人が登場するというのは、ある意味では非常に描きやすいんですよ。人に関する属性というのがいっぱいあるでしょう。表情・身なり・年齢・服装とか、いろいろあるわけですよ。それだけやりやすいわけです。ですから、こと「写生」に関しては、まず人の動きを云いとめられないで、何で自然そのものを写生できるかというのが、僕の実作上の固い信念なんですよ。——

このものを写す入口として人の動きを描くということに力を注いだというのは、実作を通して語られてきたことなので説得力がある。もちろんこのことは多作と深く結びついてくる。自然の中で動く人を限りなく俳句にしてゆく。その過程で、心が自由になり飛びまわり始める。そのときに予想だにしなかった言葉を捉えて、一句が出来上がる。それが「授かる」である。その一句を目指してものを見て作り、人を描くということは永遠に行っていけるということだ。

最後に先ほどの爽波メモの続きとして、駄目なことが書かれている。

●頭で作る
●家の中で、机の上で作る
●「独りぽっち」で作る
●言葉で「飾る」「言葉さがし」をする
●「遠景」「大景」を句にする
●「神社仏閣」「名所古跡」「街の中」で
●通俗・常識・観念的な句

三　季語の働きを知る

卒業しプレイガイドに並びをり　佐野疎竹
入学や肉屋コロッケ揚げてをり　田原峯子

この二句を挙げて爽波は季語を自由に使いこなせと言っている。題材の面白さよりもこのような題材を俳句として生かす季語の働きを身につけよということだ。

更には、この二句がわからないとか面白いと思わないという人は、季語の持つ固定観念から抜けられないと断言している。これは昭和六十二年の「青」七月号の「選後に」での言葉であるが、ここまで言われると気持ちがよい。季語の持つ意味とか余情とかを離れ、自由闊達に生かしていかねばならないということ。こうなれば、俳句はいくらでも広がってゆく。そして、新しい俳句が生まれてくる。

もうひとつ、季語について幾度となく聞かされたのは、得意とする季語を持っておくということ。困った時や疲れた時など、この季語でいつでも俳句が作れるようにしておくことを奨励していた。「青」の俳人たちは、それぞれが得意な季語を持っており、その季語でよい句を作っていたことを思い出す。ただ、どんな季語でもよいというわけではなかった。爽波の俳句的直感力が働くのはこんな時だ。いつだったか、句会場へのバスに隣り合わせた。案の定私の俳句についての話になった。「あなたね、『青柿』でたくさん俳句を作っていたでしょう。あんな季語はだめですよ。もっとよい季語を選ばないと」と、かなりの剣幕でまくし立てられた。冷静になると「そうか。季語の中にもよい季語とよくない季語があるのだ」ということだと理解した。ではどんな季語なのか。それを調べようと思い、『季語別波多野爽波句集』を編んだ。この本からは、爽波が言っていた季語が一目瞭然としてわかる。要は、人が出てくる季語、具体的に像が描ける季語だ。

また、つき過ぎの季語を嫌った爽波であった。季語がつき過ぎるほど味気無いものはないという。具体的にはこうだ。例えば「七五三」という季語で子供や神社のことを詠っても、すべて季語の中に入っていることなのだということ。選句のひとつの指標として、このつき過ぎの季語で詠まれた俳句は選ばないということがあったように思う。それだけ季語に対する強い思いがあった。

四　よい句とは

爽波がどんな句をよい句だと考えていたかは、毎月の「青」の「選後に」を読めばほぼわかってくる。当然弟子たちの作句の方向を修正したり鼓舞したりという意図もあったろうが、あの頁はたいへん貴重な内容がちりばめられている。今ここですべてを紹介することは出来ないので、次の一句を元にした爽波の考えを見てみたい。

ラグビーの選手あつまる桜の木　田中裕明

この句に対して、ラグビーの選手が集まってこれから先のことを想像するのは見当違いだとまず述べその後、集まるまでの選手たちの動きを原稿用紙一枚分以上の言葉で説明している。この欄でこれほど詳しく一句の背景を説明したのは珍しい。それほど心が動いたということであろうか。そして締めくくりとしてこのように言う。「いい俳句というものは表面単純のように見えて仲々に奥が深い。読み手はその句の中に入って連想の翼を拡げながら自由に遊ぶことが出来る。」（「青」二月号昭和五十四年）。裕明のラグビーの句を「いい俳句」という前提でこれだけの言葉を費やしている。実際の俳句が示されているので、納得してしまう。

それではその「よい俳句」をどのようにして自分で見極めてゆけばよいのか。そこが問題となってくる。爽波はこのような疑問が出て来ると想定していたのだろう。その学び方を随所で語っている。一言で言えば「手応え」ということ。この言葉の裏には爽波が体験的に得られた確証があると言っている。

冬空や猫塀づたひどこへもゆける　　爽波

金魚玉とり落しなば鋪道の花

この二句は、当時の「ホトトギス」の句としてはかなり異質なものだったが、出来上がった時には「よし、これだ」という手応えがあったということだ。虚子も採るだろうという予見も出来たということだった。実際その通りになり、作者の手応えが選者の選と一致したということになる。このことの繰り返しが「よい俳句」を生み出す習練だということである。ひとりの師について俳句の勉強をするということは、手応えが師の選と合致してゆくということなのだ。

「よい俳句」とは何かと爽波に尋ねると、即座に返ってくる答えがある。「一句の裏から読み手が連想の輪を自由に広げられる句であって、表に書かれていることだけで終わってしまう句はつまらない」と。

五　爽波の言葉

爽波が句会で何度も言葉にしていたことを書いておきたい。それは、締切時間のこと。句会の投句締切の時間前が一番大切だということを何度も聞いた。俳句を前もって短冊に書いておいて時間前早々と投句した者にとっては耳の痛い話であった。なぜその時間が大事なのかと言えば、この時間に出句の句を読み返し、音で聞きながら「てにをは」の訂正、漢字の間違い、季語や切れ字の推敲などするべきことは山とある筈だということ。この小さな声で確認している時間が、宝のように大事な時間だということはよくわかる。切羽詰まった体に、瞬時の判断が宿るからである。そういう緊張感も持たないで世間話をしている俳人を爽波は嫌がった。時間ぎりぎりまでの作品の見直しという態度は、最後の真剣勝負に挑む覚悟なのだという爽波の言葉は、いつまでも私の頭に残っている。

初句索引

あ 行

か 行

さ 行

た 行

著者略歴

山口昭男（やまぐち・あきお）

昭和30年神戸生まれ。昭和53年「青」会員の氷上正の元で俳句を始める。昭和55年「青」に入会。波多野爽波に師事。平成12年「ゆう」に入会。田中裕明に師事。平成22年より「秋草」創刊主宰。句集『書信』『讀本』『木簡』（第69回読売文学賞）。日本文藝家協会会員。

発　行　二〇二〇年七月七日　初版発行
著　者　山口昭男© Akio Yamaguchi
発行人　山岡喜美子
発行所　ふらんす堂
〒182-0002　東京都調布市仙川町一―一五―三八―2F
TEL（〇三）三三二六―九〇六一　FAX（〇三）三三二六―六九一九
URL http://furansudo.com/　E-mail info@furansudo.com

波多野爽波の百句

振　替　〇〇一七〇―一―一八四一七三
装　丁　和　兎
印刷所　日本ハイコム㈱
製本所　三修紙工㈱
定　価＝本体一五〇〇円＋税
ISBN978-4-7814-1285-6　C0095 ¥1500E